AF363871

# VENTE

# ÉMILE MATHON

# CATALOGUE

DE

# TABLEAUX

PEINTS PAR

## ÉMILE MATHON

DONT LA VENTE AURA LIEU

## HOTEL DROUOT, SALLE N° 8

### Le Samedi 5 Mars 1881

A DEUX HEURES.

| COMMISSAIRE-PRISEUR, | EXPERT, |
|---|---|
| M° CHARLES PILLET | M. GEORGES PETIT, |
| 10, rue Grange-Batelière. | 7, rue Saint-Georges. |

*Chez lesquels se trouve le Catalogue.*

## EXPOSITION PUBLIQUE

Le Vendredi 4 Mars 1881, de une heure à cinq heures.

# CONDITIONS DE LA VENTE

---

Elle sera faite au comptant.

Les adjudicataires payeront cinq pour cent en sus des enchères.

Paris. — Imprimerie Pillet et Dumoulin, 5, rue des Grands-Augustins.

# DÉSIGNATION

1 — Une Mare à Verchemont, près Triel (Seine-
et-Oise).

> Haut., 20 cent.; larg., 32 cent.


2 — Barque à quai au Pollet. Dieppe.

> Haut., 41 cent.; larg., 32 cent.


3 — La Rue de Paris, vue prise du petit Havre.
Hiver 1879-80.

> Haut., 28 cent.; larg., 46 cent.


4 — Sur la falaise, à Dieppe, (Seine-Inférieure).

> Haut., 35 cent., larg., 60 cent.

5 — Le Bassin Duquesne à Dieppe, un jour de
fête 1876.

Haut., 35 cent.; larg., 60 cent.

6 — Vue de la plage, à Dieppe, (Seine-Inférieure.

Haut., 35 cent.; larg., 60 cent.

7 — Le Quai d'embarquement pour Newhaven,
à Dieppe, (Seine-Inférieure).

Haut., 35 cent.; larg., 60 cent.

8 — Vue prise à Sartrouville (Seine-et-Oise).
Effet de neige.

Haut., 16 cent.; larg., 24 cent.

9 — Effet de neige à Sartrouville, près Maisons-
Laffite. Janvier 1880.

Haut., 15 cent.; larg., 24 cent.

10 — Chaumières, à Arsy (Oise).

Haut., 42 cent.; larg., 60 cent.

11 — La Côte anglaise, canal de Bristol. Voyage
à bord de la *Valentine*. Janvier 1879.

Haut., 16 cent.; larg., 24 cent.

12 — Barques échouées sur le poulier, au Tré-
port, 1876.

Haut., 35 cent.; larg., 60 cent.

13 — Le Quai d'embarquement pour Newhaven,
à Dieppe, dans l'avant-port, à marée basse.
1875.

Haut., 41 cent.; larg., 85 cent.

14 — Le Bassin Duquesne, à Dieppe, (Seine-Inférieure).

Haut., 16 cent.; larg., 24 cent.

15 — Falaises près du Pollet, Dieppe, (Seine-Inférieure.)

Haut., 22 cent.; larg., 41 cent.

16 — Sur la plage, près de la jetée-est, à Dieppe
(Seine-Inférieure.)

Haut., 22 cent.; larg., 41 cent.

17 — La Plage à Dieppe (Seine-Inférieure).

Haut., 22 cent.; larg., 41 cent.

18 — La Seine à l'île Lacroix, à Rouen. Voyage en bateau. Année 1874.

Haut., 37 ceut.; larg., 70 cent.

19 — Canots lamaneurs, échoués au Pollet à Dieppe.

20 — Navires norvégiens au bassin Duquesne, Dieppe, (Seine-Inférieure.)

Haut., 80 cent.; larg., 65 cent.

21 — Moulin aux environs de Bourgueil (Indre-et-Loire).

Haut., 16 cent.; larg., 24 cent.

22 — Le Pont de Creil (Oise).

Haut., 32 cent.; larg., 41 cent.

23 — Bords de l'Oise à Creil (Oise).

Haut., 32 cent.; larg., 40 cent.

24 — Un Chantier de péniches, à Compiègne. (Oise.)

Haut., 21 cent.; larg., 32 cent.

25 — L'Oise à Compiègne.

Haut., 21 cent.; larg., 32 cent.

26 — Vue prise au palais du gouverneur général de l'Algérie, à Mustapha, supérieur près Alger.

Haut., 60 cent.; larg., 1 m. 05 cent.

27 — L'Amirauté à Alger.

Haut., 60 cent.; larg., 1 m., 05 cent.

28 — Vue de Tanger, prise à bord du Kersaint.

Haut., 16 cent.; larg., 24 cent.

29 — Canots échoués au Pollet, à Dieppe.

Haut., 16 cent.; larg., 24 cent.

30 — Vue prise au Pollet, Dieppe.

Haut., 33 cent.; larg., 41 cent.

31 — Vue prise au Bequet, rade de Cherbourg
1880.

Haut., 60 cent.; larg., 35 cent.

32 — Chalutier échoué à Dieppe.

Haut., 60 cent.; larg., 35 cent.

33 — Northumberland Dock, près Newcastle on
Tyne (Angleterre).

34 — Pêcheries à Dieppe.

Haut., 16 cent.; larg., 24 cent.

35 — Vue prise aux environs d'Alger, 1880.

Haut., 16 cent.; larg., 24 cent.

36 — Une Rue de la Kasbah, à Alger, 1880.

Haut., 16 cent.; larg., 24 cent.

37 — Étude faite en pleine mer, à bord de la *Valentine*, 1879.

Haut., 73 cent.; larg., 59 cent.

38 — Le Bequet, village aux environs de Cherbourg.

Haut., 40 cent., larg., 32 cent.

39 — Avant la moisson, à Arsy, près Compiègne.

Haut., 32 cent., larg., 20 cent.

40 — Les Bâtiments de l'amirauté à Alger, 1881.

Haut., 60 cent.; larg., 35 cent.

41 — La Rade de Cherbourg. 1880.

Haut., 60 cent.; larg., 35 cent.

42 — Morte-Point, vue prise au mouillage dans Morte-Bay, canal de Bristol.

Haut., 60 cent.; larg., 35 cent.

43 — Vue prise dans le port d'Alger.

Haut., 60 cent., larg., 36 cent.

44 — Une Isba, ferme russe, près Mulgraben. (environs de Riga, Russie).

Haut., 60 cent.; larg., 35 cent.

45 — Flambart Dieppois, échoué sur le poullier, à Dieppe.

Haut., 16 cent.; larg., 24 cent.

46 — Un ravin aux environs de Mustapha supérieur, près Alger.

Haut., 16 cent.; larg., 24 cent.

47 — La Tyne, près Newcastle, vue prise de Northumberland Dock (Angleterre).

Haut., 16 cent.; larg., 24 cent.

48 — Brick échoué dans le port du commerce à
Cherbourg.

Haut., 60 cent.; larg., 35 cent.

49 — En Rade de Dieppe.

Haut., 16 cent.; larg., 24 cent.

50 — Vue de Riga (Russie).

Haut., 85 cent.; larg., 39 cent.

51 — La Mer au large.

Haut., 69 cent.; larg., 39 cent.

52 — Le Pont du Kersaint (aviso croiseur de
l'État).

Haut., 80 cent., larg., 65 cent.

53 — Bateau-pilote dieppois (pavillon en berne).

Haut., 80 cent.; larg., 65 cent.

54 — Le Bassin Duquesne, à Dieppe.

Haut., 80 cent.; larg,, 65 cent.

55 — Navire échoué dans l'avant-port du Commerce, à Cherbourg.

Haut., 60 cent.; larg., 35 cent.

56 — North-Shield, près Newcastle on Tyne (Angleterre). Voyage à bord de la *Valentine*. Août 1879.

57 — Soleil couchant en mer à Dieppe.

Haut., 16 cent.; larg., 24 cent.

58 — La Rive gauche de la Dwina à Riga (Russie). Golfe de Livonie.

Haut., 86 cent.; larg., 49 cent.

59 — Bateau au port Union, à Creil (Oise).

Haut., 80 cent.; larg., 65 cent.

60 — En Rade de Cherbourg.

Haut.. 16 cent.; larg., 24 cent.


61 — Barque échouée à Dieppe.

Haut., 80 cent.; larg., 65 cent.


62 — Un Coin de jardin à Maisons-Laffitte (Seine-et-Oise).

Haut., 80 cent.; larg., 65 cent.


63 — Un Flambart dieppois.

Haut., 80 cent.; larg., 65 cent.


64 — Bateau-pilote échoué au Pollet, à Dieppe.

Haut., 80 cent.; larg., 65 cent.


65 — La Rue Kléber, Kasbah d'Alger.

Haut., 60 cent.; larg., 35 cent.

66 — La Route de Birmandrès, à Mustapha
inférieur, environs d'Alger.

Haut., 60 cent.; larg., 35 cent.

67 — Près du Vieux-Moulin, à Maisons-Laffite
(Seine-et-Oise).